Vente du Mercredi 20 Février 1867

OBJETS D'ART

FAIENCES DE ROUEN

ARMES

MEUBLES ET TAPISSERIE

Vente Maillet Du Boulley

Exposition publique le Mardi 19 Février

M° CHARLES PILLET,
COMMISSAIRE-PRISEUR

M. CHARLES MANNHEIM,
EXPERT

1867

CATALOGUE

D'OBJETS D'ART

ET DE CURIOSITÉ

Faïences de Rouen et autres ;
Porcelaines de l'Inde et du Japon ; Sculptures ; Armes anciennes ;
Coffret du XVIᵉ siècle ; Plat de Briot ; Jolie Pendule Louis XIV, par THURET ;
Pendules, Bras, Flambeaux, etc., du temps de Louis XVI ;
Miniatures ; Crédence en bois sculpté ;
Beau Lit, Fauteuils, etc., du temps de Louis XVI ;
Étoffes anciennes ;

Belle Tapisserie Louis XIV

Provenant du Cabinet de M. M*** du B***

DONT LA VENTE AURA LIEU

HOTEL DROUOT, SALLE Nº 3

Le Mercredi 20 Février 1867

A DEUX HEURES.

Par le ministère de Mᵉ CHARLES PILLET, Commissaire-Priseur,
rue de Choiseul, nº 11,

Assisté de M. CHARLES MANNHEIM, Expert, rue de la Paix, nº 10.

Chez lesquels se trouve le Catalogue.

EXPOSITION PUBLIQUE

Le Mardi 19 Février 1867, de une heure à cinq heures.

Elle sera faite au comptant.

Les adjudicataires payeront *cinq pour cent* en sus des enchères.

L'exposition mettant le public à même de se rendre compte de
l'état des objets, il ne sera admis aucune réclamation une fois
l'adjudication prononcée.

———

Paris. — Imprimerie de Pillet fils aîné, 5, rue des Grands-Augustins.

DÉSIGNATION DES OBJETS

Faïences de Rouen

1 — Beau plateau à deux anses, de forme octogone allongée, décor polychrome à corbeille de fleurs, cornes d'abondance et ornements.

2 — Plateau analogue à celui qui précède. Il est décoré de lambrequins supportant des chiens et une corbeille de fleurs.

3 — Belle jardinière de forme contournée, dont le pourtour offre des sujets de marine finement décorés en couleurs. Cette pièce, dont le décor rappelle le style des faïences de Marseille, porte au revers la signature suivante : *Va Vasseur à Rouan.*

4 — Plat à barbe, décor polychrome, à ornements, festons de fleurs et portant un chiffre au centre. On lit sur le fond extérieur : *Charles Daloumer, 1735.*

5 — Plat ovale festonné et à godrons, décor en camaïeu bleu rehaussé de rouge. Le centre présente un groupe de personnages de style chinois et le bord est décoré d'ornements à rinceaux. Belle qualité.

6 — Hanap, modèle casque. couvert d'un riche décor en camaïeu bleu.

7 — Sucrier à saupoudrer, en forme de vase à décor en camaïeu bleu.

8 — Deux assiettes, décor polychrome, à corbeilles de fleurs au centre et bord à rinceaux et quadrilles.

9 — Deux assiettes, analogues à celles qui précèdent. Leurs bords sont décorés de festons de fleurs et d'entre-deux à palmettes.

10 — Deux assiettes à décor en camaïeu bleu, divisées par compartiments à rayons décorés de corbeilles de fleurs et de rinceaux.

11 — Assiette, décor polychrome, corbeilles de fleurs au centre, bord à ornements et quadrilles avec pendentifs fleuronnés.

12 — Assiette à bords festonnés, décor polychrome à la corne.

13 — Assiette, décor polychrome, à corbeilles de fleurs au centre et festons de fleurs et ornements au bord.

14 — Plateau de forme octogone allongée, décor polychrome à fleurs et ornements.

15 — Deux petites bouteilles à pans, décor polychrome à festons de fleurs et ornements.

16 — Vase forme bouteille à goulot allongé, décor polychrome très-fin.

17 — Cruche à décor en camaïeu bleu.

18 — Petit sucrier rond à couvercle, en faïence de Rouen, décor polychrome.

19 — Sucrier à saupoudrer en forme de vase, décor polychrome.

Faïences diverses

20 — Fabrique de Moustiers. — Plat à barbe de forme contournée, décor polychrome, le centre offre le sujet d'Actéon changé en cerf et le bord présente des festons de fleurs, des insectes ainsi qu'un écusson armorié surmonté d'une devise.

21 — Fabrique d'Urbino. — Plat rond décoré en couleurs, représentant le sujet du mariage d'Orphée.

22 — Quatre assiettes en faïence, présentant au centre un groupe d'emblèmes et portant l'inscription suivante : *union, soutien, force.*

23 — Hanap en faïence de Nevers, fond bleu de Perse, décoré de fleurs et oiseaux en camaïeu blanc.

24 — Petit vase en faïence italienne portant les armoiries d'un pape.

Porcelaines

25 — Garniture de cinq flacons carrés en ancienne porcelaine du Japon, décorés de fleurs en bleu, rouge et or. Les couvercles sont surmontés de chimères dorées.

26 — Deux vases en ancienne porcelaine de l'Inde, en forme de balustre aplati à couvercle et à deux anses formées par des dragons. Ils sont décorés de vases et de fleurs émaillés en couleurs, et enrichis de feuillages et d'écureuils en relief.

27 — Deux autres vases en ancienne porcelaine de l'Inde, modèle balustre à couvercle et à deux anses formées par des dragons. Ils sont décorés de corbeilles de fleurs et d'ornements émaillés en couleurs.

28 — Cornet à panse droite renflée, en porcelaine de Chine
émaillée bleu empois et enrichi d'ornements gaufrés sous
émail.

29 — Potiche et deux cornets en porcelaine du Japon à décor
laqué.

Sculptures

30 — Statuette en marbre blanc. Vénus debout; elle tient une
coquille de la main droite et s'appuie de la gauche sur
un dauphin. Travail du xvi° siècle.

31 — Groupe de trois têtes de chérubins en terre cuite, mode-
lées en haut-relief et destiné à être suspendu. Époque
Louis XV.

32 — Panneau présentant en haut-relief une figure d'Amour
debout, tenant un feston de lauriers. Travail très-fin du
temps de Louis XIV.

33 — Statuette de sainte Madeleine à demi-couchée, en con-
templation devant un crucifix. Sculpture sur marbre blanc.
Socle de même matière à ornements rocaille.

Armes

34 — Arbalète dont le bois est couvert de riches incrustatious d'ivoire gravé, représentant des sujets de chasse, des rinceaux à feuillages et autres ornements. Elle est accompagnée de son cranequin en fer gravé. XVIe siècle.

35 — Cranequin d'arbalète en fer gravé à ornements et doré. XVIe siècle.

36 — Mousquet à rouet, modèle dit pied de biche, dont le bois est enrichi d'incrustations d'ivoire à figures, animaux et ornements. XVIe siècle.

37 — Autre mousquet à rouet de même époque. Le bois est incrusté d'ivoire et de nacre, et la batterie est gravée.

38 — Mousquet analogue à celui qui précède. Le canon est gravé, et la batterie est garnie d'une plaque de cuivre gravé à sujet de chasse et découpé à jour. XVIe siècle.

39 — Cartouchière de forme carrée légèrement cintrée, enrichie d'incrustations d'ivoire gravé, à figures de cavalier, animaux et rinceaux. Cette pièce a conservé sa garniture en fer de l'époque. XVIe siècle.

40 — Épée à garde à corbeille, composée de rinceaux découpés à jour et à longs quillons droits à torsades. XVIe siècle.

41 — Épée à garde à corbeille unie et à quillons droits ornés de moulures. La lame porte l'inscription suivante : *Herman Reisser, me fecit Salingen.*

42 — Main-gauche à garde composé de rinceaux ciselés et découpés à jour et à quillons droits à torsades. Lame cannelée et découpée à jour. XVIe siècle.

43 — Pulverin de forme circulaire, en bois sculpté, à sujet de chasse; chiens poursuivant un ours. Travail du XVIIe siècle.

44 — Pulverin en cuir gaufré à figures et ornements et garni en fer gravé.

45 — Deux pulverins, l'un en fer repoussé à figures, l'autre en cuivre à ornements et figures en relief et découpés à jour.

46 — Deux amorçoirs en cuivre conservant des traces de dorure. L'un d'eux forme clef d'arquebuse et offre des sujets de chasse en relief.

47 — Fouet à manche et lanières tissées en argent. Travail oriental.

48 — Pertuisane portant le blason de Saxe, et des ornements gravés, ainsi que les initiales d'Auguste le Fort, et la date de 1610.

Objets variés

49 — Jolie cassette de forme oblongue en cuivre doré, garnie de cariatides, se terminant en gaîne, et enrichie d'ornements en cuivre gravé à rinceaux découpés à jour, et appliqués sur fond de velours violet. Cette cassette renferme des tiroirs fermant à secret, et sa garniture en fer est gravée à ornements. XVI° siècle.

50 — Coffre de forme oblongue à couvercle bombé à pans, plaqué en écaille et garni de cariatides et d'ornements en argent. Époque Louis XIII.

51 — Beau plat en étain de Briot. L'ombilic est entourée d'une double frise. Modèle peu commun et d'une bonne conservation.

52 — Écritoire de forme triangulaire, dont chaque face présente un sujet de chasse repoussé sur cuivre. Travail allemand de la fin du XVI° siècle.

53 — Cadran d'horloge à cartouches émaillés et surmonté d'un fronton fleurdelisé.

54 — Clef en fer ciselé à rinceaux et dont le centre porte une armoirie damasquinée en or et surmontée d'une couronne de comte.

55 — Deux pièces : Clef en fer ciselé et pomme de canne portant les armes de France.

56 — Miniature ovale sur vélin ; portrait d'homme en costume du temps de Louis XIV. Etui en peau de chagrin cloutée d'or et enrichi de chiffres en or gravé découpés à jour et rapportés.

57 — Médaille en argent portant les armoiries de la ville de Schaffhouse et la date de 1621.

58 — Portrait d'homme finement peint à l'huile et sur cuivre, en costume du temps de Louis XIV et portant la perruque à rallonges. Cadre en bois sculpté et doré de l'époque.

59 — Portrait de la Reine Marie de Médicis en riche costume de l'époque. Tableau carré dans un cadre en bois sculpté et doré.

60 — Boîte de forme carré long en hauteur, en laque du Japon à ornements gravés en creux. Le couvercle offre dans un médaillon trois figures dont les chairs sont exécutées en ivoire sculpté et dont les vêtements sont laqués en or.

61 — Portrait du Roi Louis XV, peinture du temps,

62 — Gourde en étain portant trois fleurs de lys en relief ainsi que l'inscription suivante : DE LA REINE, DU ROY.

Bronzes

63 — Charmante petite pendule du temps de Louis XIV, accompagnée de son socle de suspension, en marqueterie de Boulle garnie de bronzes finement ciselés. Mouvement de *Thuret à Paris*.

64 — Jolie petite pendule du temps de Louis XVI en broze doré au mat et marbre blanc. Pygmalion et Galathée.

65 — Autre petite pendule en bronze doré du temps de Louis XVI, enrichie de deux figurines d'Amours au bronze vert. Socle en bois noir et bronzes dorés.

66 — Petit cartel en bronze doré en forme de pilastre cannelé orné de festons de lauriers et avec mouvement de montre. Epoque Louis XVI.

67 — Deux vases forme Médicis, en marbre blanc montés en bronze doré à mascarons, ornements et galerie decoupée à jour. Epoque Louis XVI.

68 — Petite pendule Louis XVI, en bronze doré à colonnettes,

surmontée d'une pyramide garnie de plaques de verre
bleu et ornée sur sa face principale d'un fixé ovale représentant la figure du temps.

69 — Deux bras de cheminée en bronze doré formés de deux
cors de chasse rattachés par des rubans. Epoque Louis XVI.

70 — Deux bras à deux lumières en bronze doré surmontés
de vases et enrichis de guirlandes de lauriers. Epoque
Louis XVI.

71 — Deux forts flambeaux modèle rocaille en bronze doré.

72 — Deux autres flambeaux de même style en bronze doré.

73 — Deux flambeaux Louis XVI en bronze doré, à trépied
surmonté d'une tête de femme.

74 — Deux flambeaux-cassolettes en forme de vases sur pied
cannelé en bronze doré. Epoque Louis XVI.

Meubles

75 — Crédence en bois sculpté à deux portes et tiroirs, déco-
rée de figurines, de cariatides, de bustes, de mascarons et
de festons de fruits et de fleurs. Travail de la fin du xvi^e
siècle.

76 — Table de forme carrée, en bois sculpté reposant sur quatre pieds formés de colonnes à chapiteaux ioniques et ornées de godrons. Travail du xvie siècle.

77 — Cinq montants en bois sculpté décorés de figurines, d'oiseaux et de trophées d'armes. xvie siècle.

78 — Support d'encoignure en bois sculpté à moulures et montants ornés de cariatides et de groupes de fruits.

79 — Quatre fauteuils Louis XVI en bois sculpté et peint en blanc, garnis de velours grenat.

80 — Six fauteuils Louis XVI, en bois sculpté, garnis de tapisseries à fleurs et rinceaux.

81 — Beau lit du temps de Louis XVI, en bois sculpté, décoré de trophées, de festons de fleurs et de frises à palmettes et rinceaux de la plus grande finesse d'exécution.

82 — Meuble à fronton et tiroirs, en bois noir à moulures. Travail flamand.

83 — Commode modèle tombeau, à trois rangs de tiroirs, plaquée en bois de rose et richement garnie de bronzes portant la marque de Caffieri.

84 — Miroir de toilette, dont le cadre en bois de forme con-

tournée est enrichi d'ornements à rinceaux et d'oiseaux finement sculptés en bas-relief. Époque Louis XIV.

85 — Bois de canapé Louis XVI.

86 — Bois de fauteuil Louis XVI.

87 — Deux chaises Louis XVI, à dossiers forme lyre, recouvertes en soie.

88 — Pendule et son socle-support en marqueterie de cuivre et écaille rouge, garnie de bronzes dorés. Époque Louis XIV.

89 — Jolie glace biseautée, dans son cadre composé de cariatides, de guirlandes de fruits et d'enroulements en bois finement sculpté. (Vente Roussel.)

90 — Pendule de forme contournée, en marqueterie de cuivre et écaille, garnie de bronzes dorés de style rocaille. Époque de la régence.

91 — Grand bahut en bois sculpté, offrant sur sa face le sujet de l'Adoration des Rois Mages et enrichi de cariatides et de figurines. XVIᵉ siècle.

Tapisseries et Étoffes

92 — Belle tapisserie représentant un sujet mythologique. Très-riche bordure à ornements, mascarons, etc., dans le style de Bérain, sur fond blanc. — Long., 5 m. 20 cent.; haut., 3 m. 30 cent.

93 — Couvre-pieds en satin rouge richement brodé d'or. Époque de Louis XIV. Il provient de la vente Rachel.

94 — Couvre-pieds Louis XIV, en toile de Jouy, à médaillons et ornements.

95 — Couvre-pieds russe, en soie brochée d'or.

www.ingramcontent.com/pod-product-compliance
Lightning Source LLC
La Vergne TN
LVHW021919180726
843502LV00008B/3154